너무

넓은 식탁

정득용 지음

너무 넓은 식탁

덜거덕거리는 허전함
당신 없는 식탁은 낡은 구두

좋은땅

시인의 말

　지난 겨울 아내는 자신의 환갑을 이야기하며 제주에서 한 해 자신만의 시간을 갖겠다며 떠났습니다. 그런 아내와의 소회 앞에 몇 편 적습니다. 같이 살아갈 시간이 살아온 시간보다 짧아진 것을 알게 되면서 더 주변을 사랑해야겠다는 생각을 합니다. 부족한 이번 이야기도 아내에게 보냅니다.

2024년 10월

차 례

시인의 말 4

1부
짧은 이별
◇

2부
마음의 항해
◇

1부 ————————————————————

짧
은

이
별

해넘이

지옥이 저 모습일까
꽃잎을 열지 못한
부전나비의 나래 떨림

익지 못하고
검붉음으로 여며지는 서쪽
물결무늬 새겨지는 시간

치맛단으로나 가릴 일인지
떠나는 뒷모습에 촉촉해진 눈물샘
치는 가슴 위에 얹히는 손가락 끝 시리다

잉잉 치대지 말 일
언젠가 길 끝에서 모두 만나는 것
머지않아 새날 열릴 것이기에

해맞이

백수인 남자
새해 첫날 TV 앞에서
바다를 뚫고 불뚝 솟는 해를 본다

구순 장인 누워 있는
보안시설로 담을 싼
요양원 면회실 벽 화면에도 뜨는

장모님 먼저 보내고
돌보는 이 없어 혼자된 분
일곱 남매의 결정에 몸만 빠져나온 분

"아버님 뵈러 갈까?"
새해 첫 말 섞음에
아내 웃는다 두 볼 가득 붉은 해 안고

동백 그믐

삭은 달빛
꽃 숲에 숨던 밤
춘삼월 건너는 법 모른 채
따라 든 동백 그믐

겨우내 잠가두었던
마음 병 터지고 곪아
달이 누웠다 토한 간이침대
모두 붉은 끝자락 주변

사랑받지 못하고
사라지는 것들에 눈빛 머물던
꽃잎 모조리 내친 동백
홀홀 버티는 쇠락한 정원

죽은 자를 위한 기도하다가
왜 그랬을까
문득
밟힐 꽃들을 근심하다니

재회

생채기 파였었지
살다 보니 그대와 나 사이
40년 가까이 조용히 흐른 강물에도

부르면 돌아볼 줄 알았지만 돌아보지 않아
아물기까지 웃음 지우고 쓸쓸하게 지내야 했어

멀어져 다다르지 못할 것 같은 어색함
어설픈 대화만 엮여 몹쓸 생각까지 해 보았지

남은 시간 사랑할 수 있을까 반문했으나
사랑한다는 것을 알아 끝까지 사랑해야 한다는 것도

아팠던 일 돌이키지 못하게 물 위에 던지고
주름진 웃음이라도 전하려 해
미안하다는 말도 섞어

고해

누구보다 많이 알고 지냈음에도
가슴을 후벼 새긴 깊은 골
살을 묻고 여태 살아온 당신에게
나의 언어 가끔 사투리였네

가끔 내뱉은 독한 말이
심장 깊은 곳에 박혀
무능의 늪에 빠진 긴 침묵이
슬프게 했을지 몰라

마음 한 자락에 심드렁 졸고 있던
버리지 못한 마른 오해
부족한 영혼의 울림
그것을 풀지 못한 게 화근일 거야

빈 집에서 그리워한다 해도
당신 모르고 있을 것이기에
나를 용서해 달라
손가락 끝으로 종이에 새겨 보네

겨울 독백

차갑게 내려간 기온만큼 배가 고픈 겨울
사랑한다는 독백은 메아리로도 오지 않아
그리움은 사치라는 것을 알아 가

제주는 한겨울에도
길가에 노란 꽃들이 핀다지
매화 수선과 붉은 동백이 지천이라 하고

누군가 그랬어 왜 같이 가지 않느냐고
그래야 일 년인데도 나를 이상하게 생각하더군
자기 일이 아니라 그런 거겠지

당신의 가슴을 울리는 환한 봄이 오기를 바라기에
사랑한다는 내 말이 씨가 되면 참 좋겠어
벚꽃처럼 부드러운 꽃소식으로 이 겨울 녹이는

익숙한 습관처럼

바람 자고 햇살 오를 때
밤새 내린 눈으로 그리움이라는
눈사람을 하나 만들어 놓는다

며칠 재채기하며
현관문 열 때마다 마주치지만
속 깊은 인사는 건네지 못하고 지내겠지

찬밥이 남아 있을 것 같은 빈집
불 켜지 않고도
당신이라는 그림자 챙긴 지 오래

두 무릎을 당긴 채 잠자리에서
매번 눈사람을 하나씩 더 만들고 있다
익숙하게 습관처럼 그림자까지 붙여

짧은 이별

그때를 잊지 못해
아주 오래전 가을날 교정 빈구석에서
입술을 열어주고 내 손을 잡아 가슴에
두 손을 포개어 올려 주던

심장 아직 식지 않았나 봐
달에 한 번은 오겠다는 말에
얼굴 붉어지고 말 빨라지는 게
그때 같으니까

자신만의 길 찾겠다는 말
한 해쯤 쉬면서 돌아보겠다는 말
돌아와 더 사랑하겠다는 말
고마울 뿐

겨우 일 년은
지금처럼 기다릴 수 있어
아주 오래가 된 그날 밤 떠올리며
그때 멈춘 시간을 되돌리면 되니까

제주

땅끝보다 더 먼 곳
바다 비린내 섞인 그곳에
그댈 두고 나 혼자 올라왔네
자신을 돌아보고 싶다는 말
유배도 아니면서 혼자 버텨보겠다는 말에
그러라고만 힘 없이 답했네

혼자가 아니면서
혼자가 되려고 무거운 짐 꾸리던 밤
퇴행성 기억의 무게에 눌려야 했지
자신을 사랑할 수 있어야
타인도 그렇게 할 수 있기에
내 안에 짐을 두고 가벼울 수는 없었겠지

가슴안의 떨림 끄집어내어야
누군가에겐 울림으로 다가갈 거야
그래 먹먹함 파도에 풀고 나면 연락 바라

기다릴 수 있는 힘

내 안에 그대 새겨 있기 때문이기에

파도가 수억 다가와도 참아내고 있을 거니까

둘레길

자기만의 시간 갖겠다는 아내
조천인가 성산포 어디쯤 걷다
밭에 널린 버려진 무와 당근을 보고
길가 날아다니는 비닐봉지로
두 손으로 들 정도 가득 챙겼다나

지나는 봄 이야기는 없고
어느 날 도착한 우체국 소포에
깍두기와 당근 한 무더기 고사리 볶음이
얼굴 내미는데 아내 손길 따라온 것 같아
얼마나 반가웠는지 몰라

바닷바람 쐬어 가며
고사리 꺾을 때랑 깍두기 담글 때랑
우체국까지 반찬통 들고 가며
날 생각했나 몰라
그랬겠지 그러니까 시간을 그런 걸로 채웠겠지

홀로 떠난 제주에서 속절없다는 봄날

찰랑찰랑 목련꽃 잎 떨어지는 봄날에

남들은 줍지 않는 채소나 다듬다가 그리워하다

뜨거운 무언가 뚝뚝 떨궜을 것 같아

낙서

안식의 섬으로 떠난
비행기 지나간 뒷자리 횅해
돌아오는 길가 벗은 몸의 나무들
통곡의 벽에선 사람들처럼 보였어

그리워할 시간은 길어야 일 년
가끔은 들러 본다 했으니 참을 만하겠지

그래도 혼자의 시간 감당치 못해
늘어지게 낮잠 자거나 먼 산 바라기를 하겠지
그러다 카톡을 하거나 통화를 하고
편지도 써 보고 낙서를 할 것 같아

행간에 심어둔 비밀
남들도 그 뜻 알 것 같은
유치하지만 가득히 감추고 있던
ㅅ ㄹ, ㄱ ㄹ ㅇ, ㄱ ㄷ ㄹ 같은

구겨 접는 하루

당신을 생각할 수 있음에
서글픈 감정까지 끄적거릴 수 있음에
살아 있다는 것 자체가 기적
다시 만날 시간 남아 있음은 감사할 일

공항 게이트에 당신을 들이고
포악한 침묵에 잠긴 빈집에 든다
따라붙은 외로움 떨구지 못한 채
불도 켜지 않아 말라가는 어둠 속으로

완전한 혼자가 될 자유마저 흔드는
하루를 마감하려는 벽시계 소리
커튼을 파고드는 달빛
들창 틈을 비집는 풀벌레들의 철 잊은 노래

갓 핀 치자 닮은 향기를 품고
무언가 만들기 위해 맨발의 바쁜 걸음으로
주방을 드나들던 모습이 지워지지 않아
잠들지 못할 것은 오늘

참회록

아내는 배가 크다
아이 셋이 들어앉았다 나와 그렇다고 한다
믿어야지

배포도 크다
밖으로 뻗는 손이 커지는 것이 세월 탓이라고
믿는다

안식년을 이야기할 때 나는 대범한 척했어도
속으로는 정말 그럴 줄 몰랐다
사실이다

자궁벽에 나이테가 늘면서
통이 점점 굵어지고 드세어지는 것은 본능일까
모두 그렇지는 않겠지

수줍음 많던 아가씨가
어느새 배춧속처럼 밑동 들어차고 튼실해졌나 보다
내 탓이다

너무 넓은 식탁

덜거덕거리는 허전함
당신 없는 식탁은 낡은 구두
맨발이 마지막 빠져나간 올 나간 스타킹

한 손으로는 물레질하고
다른 한 손으로는 실을 잣는[1]
훌륭한 아내와 마주하지 않기 때문이다

식은 찬을 데워 때우는 한 끼
나쁜 식사에 초대된 나는
당신을 부르거나 그냥 잠들고 싶다

고아 같은 느낌의 긴 하루
아침에는 돋아난 나뭇잎의 떨림도
저녁이면 고인이 된 이름처럼 시들하다

1　잠언 31-19.

23

우아함은 거짓이고 아름다움은 헛것[2]

이름뿐인 사랑은 아프다

당신이 비운 자리 너무 넓어서

---

2 잠언 31-30.

그래도 다행이다

순례 여행이라도 떠난 한두 주
아내가 비운 자리 넓기만 한데
일 년은 바다와 같은 시간

남자는 아내라는 기둥에 얹힌 석가래
한 달이 넘는 그보다 훨씬 넘는
그 긴 빈자리가 무거워 휜다

혼자 사는 남자는 대부분 궁상이다
무엇보다 먹는 것을 대충 챙겨
찌드는 몰골

아내 딸려 자녀들 해외 유학 보낸
기러기들은 날지 못하고
화상통화에 목을 매는 세상

같은 땅에 산다는 게 얼마나 다행이냐
맘만 먹으면 오늘이라도 볼 수 있다는 게
만날 수 있다는 게

달맞이꽃

내가 마당에 쪼그리고 잡초를 뽑고 있을 때
당신은 거실에서 먼 산을 보곤 했지

둘 남은 시골살이지만 시든 감정은 아니었는데
무심한 표정 제비 깃 같아 조금 서글펐어

살아온 날을 돌아보며 평온을 찾고 싶다는 말
굵은 모래 들어 올리는 떡잎 같았지

오래전부터 그런 마음 있던 걸 알아

빨간 우체통 세우고 함께 5월도 챙겼지만
빈 꼬투리처럼 당신은 가을을 생각한 거야

아침 진창 꽃잎 여는 나팔꽃 보다
밤새며 누군가 기다리는 달맞이꽃 같았어

외로움도 타며
콩꽃처럼 노랗게 말라 가는

아내라는 시

쓸수록 고와지는 아내라는 시
남은 시간 같이 살아온 날보다 짧은데
갈수록 다듬어지는 원숙미

아내의 내면은 아직도 거품 목욕을 하는지
깨끗이 설거지 된 스테인 그릇의 광채
모시가 햇살에 말라 가는 찹쌀풀 향이 돈다

사철 미나리 과에 속하는 초본처럼
질리지 않는 순수한 열정 내게 뿌려
당첨된 로또 복권을 내민들 바꿀 수 없다

평생을 믿고 의지한 것이 신앙뿐이랴
정보다 사랑보다 더 굳고 단단한 보석
아내라는 이름은 불멸의 경전

꿈에서

그대 귓밥 파 주고 싶다
돋보기 걸친 눈으로 무릎에 누이고
별빛 적막하게 쌓이는 밤
실없는 연속극은 중간에 끄고

머리 돌리라며 무슨 말 할지
어쩌다 눈 마주치면 어떻게 할지
남은 열정 있어 꺼진 뺨
천천히 만져 볼지도 몰라

없는 사람 가슴에 안고
혼자 이름 불러본 적 있었지
나지막하게 양푼에 엿 녹이듯이
무명실로 솔기 다듬듯이

헐은 몸 구부려 그대 무릎 위에 누워
살얼음처럼 시린 이루지 못했던 것 풀어쓴
한 편 소설 남기고 싶다
누군가는 가슴으로 눈물 흘려 줄

선물

제주에서 걸려 온 아내의 전화
만든 찬 우체국에서 보내는데 내일 도착한다고
편지는 같이 넣지 못해 폰에 찍어 보내겠다는

어물거리는 안개 속에서 햇살 뻗어나듯이
몇 주 혼자서 또 버틸 수 있기에
산길 걷다 활짝 핀 도라지꽃 만난 기분이다

아내의 또 다른 선물은 무슨 내용일까
하루가 지나도 연락이 없어 물었더니
쑥스러워 못 보냈다는 문자 연꽃 같다

육십 넘어도 소녀의 마음
어떻게 엄마 되고 할머니가 되었을까?
편지는 몇 번이나 고치고 다듬었을까?

소포 전한 우체부 오토바이는 떠나가고
고사리 머윗대 비름나물 시래기 열무김치
냉장고 채운 것만큼 빼곡 채워지는 그리움

그림자놀이

폭우 휩쓸면 빠르게 다가오는 밤
햇반으로 달래보는 시장기
허기와는 또 다른 무언가는 말간 소주로 푼다

노안에도 보이는 붉어지는 낯빛과
안구 건조증도 아니면서 뻑뻑해진 눈동자
유리창에 부서져 번지는 사선을 따라 내린다

멍울 토해내지 못한 것들 날숨 따라붙기에
오므린 무릎에 가슴 바짝 붙인다
검은 천막을 두른 하늘 올려다보지 않으려

마저 버리지 못한 당신이라는 그림자 자르다가
덧대다가 유리창에 새겨진 사내를 토닥이는
손가락 그림 놀이도 이젠 버겁다

내일이라는 시간에 행여 비 개이면
울다 만 매미처럼 쓰름쓰름 무언가 토해야겠다
마른 밥풀이라도 씹으며 움직거려야겠고

2부 ─────────────────────

마
음
의

항
해

편지를 쓰네요

다시 가을
언젠가 보내온 편지 끄트머리에
가을 오면 카페 창가에서 편지를 쓰겠다 했지요
올해도 꼭꼭 눌러쓴 손편지 기다리네요

아주 오래전 일
대학 때 방학이면 만나지 못해 편지를 보냈었지요
사랑이라는 말은 낯설어 쓰지 못했고
다른 이가 혹시 볼까 뜨거운 말은 적지 못했어요

몇 번을 보내야 한 번 날아오던 답장
혹시나 하며 우편함을 맴돌던 날들이 기억나네요
그때는 집 전화뿐이라 어른들이 받으면 겁이 났고
매일 전화하기 어색하고 두려웠어요

요 며칠 가을이 가깝게 다가와
혹시 나처럼 가슴 열려 헤매진 않나 몰라요
거의 써 보지 못했던 사랑이란 말
오늘은 스마트폰으로 쓰고 또 쓰고 있네요

오늘을 위한 노래

적요가 몸 비트는 새벽
태어나는 하루를 맞는 어둠 속에서
작은 움직임도 없는 주변 풍경과 함께
내일은 불리지 않을 시간과 만나는 오늘

서둘지도 보채지도 말고 길 나서다가
꽃자리 마음에 남는 사람 그리워하다가
가 버린 시간은 담아낼 수 없기에 흘려보내고
바람의 갈기 아래 우두커니 머물기도 하겠지

그립다는 생각조차 훌훌 털고 나면
몸뚱이 허기쯤은 무엇으로도 채울 수 있기에
나도 품고 당신도 품을 수 있도록
타인을 닮고 싶은 생각까지 지워야 하고

살아 있다는 것은
궁구하며 애써 목마름을 느끼는 것
안일과 게으름 이겨 가야 하는 것이기에
오늘이라는 순례의 길 큰 울림으로 만나야겠어

그대 건넌 강가에서

나의 방종에 말 없던 당신
그런 당신 나를 건넜고
당신을 건너지 못해 강기슭에 머문 나

당신이 집을 비운 열이틀도 안 돼
자전거는 바람이 빠져 눕고
망초는 키높이 구두를 갈아 신었지

검은 강물 같은 새벽 길기만 하고
물 가운데 우는 여울
돌고 돌며 우렁우렁

강물이 쏟아내는 물 비린내처럼
지내 온 날 심장을 후벼 파던
서로 다른 방식의 사랑

아직 당신을 건너지 못한 나
늘어난 소주병처럼 자리 못 잡고
오늘도 눈물을 달고 취해 살겠지

허기를 느끼다

12월 중순 흐릿한 오후
계량컵 넘치도록 소주를 마시게 한
겨울을 비웃는 빗소리

어둠이 찰랑거리는 빈집
그리움을 게운 몸통 안에
차갑게 훑고 통증이 지나간다

혼자라는 궁상이 길어질수록
헐렁해지는 고무줄 바지의 무릎
자라기만 하는 손가락 끝자락

아내가 비운 집은 시공이 멈춘 우주
브레이크 타임에 든 쿠쿠 여인
잠에서 깰 때만을 기다린다

마음의 항해

그리움이 햇살에 데워지는 낮
밀물지는 바다에 마음의 사다리를 편다
파도의 풋풋한 살 내음
뭍에서 맡던 해당화 여신의 꽃길

어깨에 걸린 피곤이라는 단어
낯선 선술집 전등 아래 술잔에 담고
밤이면 부서지는 별빛 조각
몇이라도 잡아 보려 들어간 바다

그대에게 다가가려는 것은
어쩌면 소유하고 싶다는 욕심
그대의 애절한 애원을 외면한
집착의 가면을 쓴 허울인 것을

썰물 따라 빠져나간 그대 속삭임
고장 난 우산처럼 버려진 나
취기만 담긴 발자국 끌고
그대 건넌 바다에 목 깊이 잠긴다

외로운 날

당신을 안을 수 없기에
등에 빈자리만 메단 채

나의 슬픔은 쌍봉낙타가 되어 천천히
당신이 떠난 틈새에 그리움을 들인다

푸르르 입술을 떨며 당신을 찾아 떠나는
아무도 알아보는 이 없는 사막

아주 먼 기억부터 가까운 기억까지의 거리는
터진 심장을 이은 실핏줄 길이와 같다

언젠가 한 점에서 만난 그날
말라 버린 백골에서도 눈물 흐르겠지

가을 어느 날

어느 볕 좋은 가을날
당신 무릎에 누워 공손하게 손 내밀고
손톱을 맡길 날 오겠지
세월 흘러 정신 흐릿해진 어느 날에는
내 볼록한 발등 잡고 발톱을 다듬는 날도 있겠고
어쩌면 당신의 부은 발목을 매만지고
두툼한 손으로 살뜰히 손톱을 깎아줄 지도 몰라

그러는 사이 서로 눈 마주치면
젊은 날처럼 웃을는지
언젠가는 그대 이마의 그늘 지우고
근심도 벗겨 내며 웃고 있을지 몰라
채송화처럼 낮게만 살아온 지난 날이지만
한평생 동반을 기뻐하며

처음 살림하던 날

그러니까 철없는 남자 만나 마장동에서 시외버스 막차를 타고 신혼여행이랍시고 충주 수안보를 갔더란 말입니다 전날 산 자동카메라에다 필름 한 통 넣고 쏘다녔지요 근데 기계치인 신랑이 필름을 잡아 뽑아 사진 한 장 남기지 못했어요

여행에서 돌아와서는 말입니다 이튿날 새벽 남색 스란치마에 회장저고리 입고 부엌에 나왔지요 신랑 출근시키고 시부모님 아침을 차려드려야 한다는 말은 들었는데 냄비며 소쿠리 국자가 도대체 어디 있는지 정신이 없더란 말입니다 주방 싱크대 한 쪽에 콩나물이 보여 국과 무침을 하려고 마음먹었는데 해 봤어야지요

잠자는 신랑을 발로 차서 깨어 놓고는 들어가는 소리로 "형, 콩나물무침 어떻게 하는 거야?"하고 물었습니다 신랑은 4년 동안 자취를 했지만 나는 하숙을 했으니 아는 게 없었지요 처음 살림하는 날 아침밥이 코로 들어가는지 입으로 가는지 시부모님은 말씀 없으셨는데 무슨 죄지은 거 같더라니까요

지금은요 30분 안에 제사상 오를 나물 무쳐내면서 전 부치고 탕국도 끓입니다

팔뚝이요? 이만기 장딴지랍니다

첫눈 오는 날

첫눈 입니다
마당의 풀은 죄다 말라 눕고
은행나무를 타고 오른 능소화도 옷 벗었는데
첫눈이 내립니다

왠지 당신을 닮은 그림자가 기웃거리는 것 같아
창가를 서성이다 손전화를 들여다보곤 합니다
자작자작 마른 잎을 밟는 바람 소리에
누굴까 귀 기울여 보기도 했지요

마른 가지뿐인 헐거운 마음으로
보잘것없어 가난해지기조차 버거운 내게
전기장판 미열이라도 남아 있음은
하늘이 주신 축복입니다

겨울은 길 것이고 기다림은 지루하겠지만
그대 언젠가 봄볕 안고 찾아줄 것이기에
첫눈 지우지 않고 가슴에 담아둘 것입니다
그대도 나처럼 첫눈을 바라보고 있는지요

순댓국 먹는 날

장날 아내와의 외식
위례산을 지나 병천으로 가는 북면³을 넘는다

손님이 많아 주인은 아는 척도 않지만
단골이 된 충남집

뜨거운 김이 솟는 투가리에서
아내는 고기 나는 순대를 건져
맞은편 그릇 안으로 넣어 준다

"든든하지요?"
"여기 오면 부자가 된 기분이네요"
소박한 아내가 말이 많아지는 날

괄약근에 막힌 순대 속으로
돼지 조각과 뼛국물 담으면서
무언가 감기는 듯한 뿌듯함이여

---

3   천안의 알프스 북면은 십 리 벚나무 길이 유명함.

사랑이 그리운 날

첫눈 내릴 듯 말 듯 흐린 이른 아침
울컥 차오르는 마음은 그리움이거나 미움 그런 종류
뜨거운 느낌 있으니 보고픈 마음 일렁였겠지

휘날리지 않고 내리던 눈 못 보았듯이
부는 바람에 버티는 것이 나뭇가지뿐이랴
어쩌면 눈물 떨구지 않음이 다행이라는 생각

상처 있어야만 아픈 것 아니니
부드러운 손짓도 날카로운 비수로 날아들 듯
떠나 있는 당신을 향한 마음 가늠 없다

풀어 버린 잎사귀들처럼 뒹굴기만 해서는 안될 일
오늘 사랑하지 않으면 죽을 것처럼
그림자까지 꺼내 몇 자 적어 보는 그런 날처럼

앨범 속에서

주름도 없이 시간이 멈춰 버린 낡은 앨범에서 '툭'
아기 엄마가 된 아이를 안고 아내가 웃고 있다
지금은 고지혈증과 연골 연화증이 심한

'행복이란 함께 있는 것'이라는 글씨 옆
첫 아이를 안은 내가 웃고 있다
지금은 빈 머리로 고혈압과 동맥 경화를 앓는

35년 전 사진 속
지금은 염색으로 백발을 서로 감추고 변신한
젊음이 박힌 아내와 내가 웃고 있다

지금은 엄마가 된 첫아이가 멈춘 한 살
첫돌 차림 상 앞에서 작은 욕조에서 고궁에서
아이를 안고 어르는 푸릇한 모습으로

고마운 이

살면서 내게 가장 고마운 이는

오랜 사진 속에서도 내 손을 잡아준 이
표현 부족한 무딘 감정을 어루만져주고
다독이며 함께 걸어준 이입니다

신혼여행 때 마장동에서 시외버스 막차 함께 타 준 이
돌아올 때 강남터미널에서 잉꼬 새장 사 들고
택시도 아닌 시내버스를 같이 탄 이입니다

자신의 꿈과 별을 다스리지 않고
나의 작은 정원에서 함께 웃고 울어준 이
어수룩한 나의 등 뒤에서 배경이 되어준 이입니다

언제 어디까지 같이 갈지 하늘만이 알겠지만
살면서 가장 잘한 일은 당신을 만났다는 것임을
나는 압니다

나만 바보

회갑이라는 특별한 생일
거울 앞에서 속눈썹 붙이려
허공에 들어 올려지는 아내의 두 손

쌍꺼풀 없고 속눈썹이 길지 않아도
곱게 늙어가는 웃음 많은 아내는
결혼식 날 그렁그렁한 눈이 고왔다

몇 해 전 얼마나 불편했을까
검정 선글라스로 버틴 일주일
지금은 자리 잡은 눈꺼풀 위의 실 줄을 위해

40년이 다 되어 가도록 나는
아내가 원하는 것을 몰랐던 거다
세월이 가도 여자이고 싶다는 것을

주말 부부

지난 노조 파업 때
힘들게 서울서 내려온 아내가
오늘도 파업인데 오겠다 한다

일요일에 쉬는 딸의 차편이 있는데도
퇴근 후 전철로 내려오겠다 한다
힘들면 애들과 같이 오라 했는데

많이 보고 싶어서
오늘 가야겠다는 금요 문자
빗소리 잠긴 가을 새벽을 때린다

촉촉하다

추석 아침

이른 차례상 물린 한적한 시골집
둘만이 덜렁 TV 앞에 앉는다

큰아이는 시댁 갔고 서울 아이들은 바쁘다 하고
생 밤알 씹히는 소리 무심하다

"내년에는 송편을 빚어야지" 아내의 쓸쓸한 혼잣말
열댓 알 돈 만 원에 사 온 게 맘에 걸렸나 보다

어려서 장모님과 시집 살 때 어머님과의
떡 빚던 추억이 살아나나 보다

아내의 내년 추석은 세 살 손녀와 익반죽에
솥단지 안에서 익어 갈 색색 송편으로 채워진다

며느리 올림

올 추석 차례상에는 통영 오이소 꿀빵 제주 하효맘 감귤과즙 신화당 우리쌀 전병을 올렸습니다 모두 지인에게서 받은 것이고요 조율이시에서 대추와 감은 올리지 않았습니다 장에서 사온 것은 사과와 요즘 유행하는 청포도 샤인 머스켓 입니다 배는 친정 오빠가 형제들에게 한 상자씩 선물한 걸 골라 썼고 송편도 얻은 것을 그대로 올렸습니다 어전 육전 산적은 생략한 지 오래입니다 물김치도 삼색나물에서 시금치도 뺐습니다 술은 남편이 싸 놓고 있는 소주를 한 병 꺼냈지요 전은 한 끼 먹을 정도로 조금만 부쳤어요 탕국은 그래도 한우로 정성껏 끓였습니다 나이 먹다 보니 형편과 세월 따라 살게 되네요 아직은 강남 사모님들처럼 네이버에서 명절 상 차리기를 검색하지는 않습니다 이런 걸 글로 남기려니 어머님과 조상님들에게 미안하네요 ㅎㅎ

늦게 철든다는 것

갱년기 질환 치료 받는
완경에 이른 아내
부작용으로 몸이 무겁다는 말
서글퍼진다

같이 살아도 속 병까지 어찌 알랴만
암이라는 친구가 따라 올 수 있다기에
오늘의 우울감과 통증을 건넌다기에
마음잡는다

나이 먹어가며 투덜댈 일이 아니라는 걸
갈수록 더 보듬어줘야 한다는 걸
따뜻하게 해야 한다는 걸
사랑해줘야 한다는 걸

escape room

늦가을 빗소리 젖는 골방
멍울이 커져 가슴앓이로 통증이 잦아들면
그늘진 말들을 모아 시어를 다듬어 본다

누군가 그리워지면 또 다른 은신처를 찾아
카페 창가에 앉아 거리 풍경과 커피 향에 취해
눈 감고 빗소리도 챙겨야겠지

갈수록 자라기만 하는 허전함
트로트 여가수의 애절한 노래도 위안되기에
늦은 밤 주점에서 한 잔 술과 곁들이면 좋겠다

가끔은 골방을 나와
당신이라는 이름도 불러보고
겨드랑이를 긁다 사라진 매미 소리도 찾아야겠다

사람

내 어깨에 기대어
그림자처럼 닮은 걸음을 옮기는 또 한 사람

나는 햇살에 몸을 맡긴 나무
가지마다 손을 내밀어 당신을 그늘 자리에 들이네

당신의 어깨에 푸른 가지를 걸치고
눈비와 바람을 버티며 함께한 시간

흔들리고 떨릴 때마다 밑동을 잡아 준 이와
연리목이 되어 높다란 하늘을 머리에 이네

바라만 봐도 좋은 하얀 수정이 박힌 당신의 눈빛
오늘도 가슴에 출렁이고

3부

살

아

있

음

에

꽃바람 불어라

수상하다
스스로 치마 까뒤집는 노팬티 저 가시내
간밤 무얼 보았기에 종아리 걷어 올리고 까치발 하나

아침이 어깨 닿기도 전
속옷 벗어 깃발처럼 흔드는 속내
수상하다 혼자 한 애정 행각 얼룩져 번졌나 보다

꼬부라진 음모에 걸린
오줌 턴 끝자리 물방울 두엇
일렁이는 초록에 널어 뽀송뽀송 말려라

뜨겁게 데운 입김 속살 가까이 대고
허망한 붉은 봄 꿈 날아가게
바람 불어라 꽃바람 불어라 하늬바람도 불어라

태양의 거리에서

감정선이 구겨진 줄 알았는데
몇 번 계절 돌아 겨울을 생각하는 내가
너의 입술에 허리 굽혀 다가가니 아직은 여름

오가는 이들 느리게 걸음을 옮기는 계절
태양의 광기를 사랑한 해바라기를 닮은 루드베키아
그 간절한 눈동자에 끌리면 시든 영혼은 불타오른다

녹음으로 이어진 가로에 발길 붙잡는 노란 볼 빛과
젊은 연인이 마주 잡은 손에서 전해지는 뜨거운 열기 나의 가슴
새처럼 파닥인다

네가 전해 준 생명의 기쁨에
끝 모를 맑고 높고 파란 하늘 올려다보는
그슬린 나의 심장 두어 걸음씩 빗장을 푼다

다시 가고 싶은 그곳

남들 일하는 벌건 대낮부터
술기운 이기지 못하고 무장 해제된
포천 신북면 계류리
산막 주인이 낸 산양삼을 안주로
진하게 빠진 음양곽과 말벌술을 비우는
각지에서 모인 40년 지기들

흥에 취한 주인 곁에
기본 도우미는 뻐꾸기와 무논 개구리
충실한 잭 러셀 테리어는 하우스 보이
20대 초반 시작된 재잘거림
세월 묵어도 그대로인데
총 맞은 것처럼 픽픽 쓰러지는 지공거사

불침번은 화목난로
암구호 외치는 소쩍새 신호에
각자 겨울 이불 당기며 사주경계 중

이곳 향해 오줌도 누지 않겠다는
맹세 사라지고 그 시절 푸르던 5월
코 고는 소리 속으로 잠겨 든다

미개봉 영화

애인은 가끔 영화 이야길 했지 영화 장면처럼 누워
개봉하는 조조영화 같이 가자고 했어 극장을 가도 다른 관에서
나는 무협이나 액션을 애인은 로코를 좋아했어 어떤 영화는 나와
보았다 했지만 나의 기억은 다르기에 내가 아닌 분명 남이었어

우리는 서로 다른 스토리에 배경과 연출이 달라 성격 차이로 가
끔 불꽃이 튀곤 했지 그래도 아직 남은 시간에 담긴 바람과 새소
리 구름이 있어 두근거리는 필름은 계속 돌고 대기 중인 서사 속
에 개봉되지 않은 사랑이 식질 않아 배우처럼 영혼을 비비기도
하며 그렇게 오늘을 보내

영화 속 한 장면처럼 애인은 나에게 주인공 닮은 목소리 들려주
길 바라 중저음으로 편지를 숙성된 열매 터트리듯이

살아 있음에

기도는 구걸
바라고 싶은 대로 바라고
감내치 못할 것까지 얻어내려 손 모으는
다가가기 어려울수록
누군가에게 기대 위로 받으려는 몸부림
기적이 내게 일어나길 원하기 때문이다

지는 해를 바라보는 나이에
주변에 익숙한 하루하루를 쌓아 놓고
모자라면 모자란 대로 맞는 오늘
완벽하지 않은 평범 속에서 안주하며
아침에 눈을 뜨고 움직거릴 수 있는 자체가
기적이고 행복이니 그 구걸 멈추려 한다

살아온 정도로 욕심 없이 남은 시간 보내다가
가끔 주변에서 일어나는 슬픈 일에 슬퍼하며
부족함 채우려 하지도 않고 가난한 문 그대로 닫고

꽃 보러 왔다가

"우리 시골 벚꽃 보러 놀러 와유" 가리봉 같은 사무실에 있다가 고향으로 내려간 정용의 전화에 봄날 주말 아무 생각 없이 정용을 찾은 은혜는 당황했다 기다리고 있는 건 벚꽃이 아니라 정용 부모님 고모 큰아버지 "멀리서 왔는데 하루 자고 가유" 라는 어머님 당김과 시골 인심에 은혜는 온 김에 천천히 꽃도 보고 시골 구경도 하려 하루 묵었다 그런데 다음날엔 정용 외가에서 줄줄이 기다리고 있을 줄이야 정 깊은 어머니에게 반해 고갤 끄덕인 석 달 만에 결혼한 은혜 지금 정용은 충주 신니 대화리 이장이고 은혜는 부녀회장이다 지금도 꽃만 피면 은혜는 혼자 웃곤 한다 오래된 꼬드김에

세월 건너서

졸업 50년 다 되어 처음 간 초등 송년회
화순이는 어린이회장 순철이 모른 척한다고 삐졌는데
나는 좋겠다는 말이 돌았다 종호가 먼저 손 내밀어

상급학교 대신 농사 지은 종호
몇 번 동남아 여인과 혼삿말은 오갔어도
순정과 순수함을 이용하려는 이들만 쌓였다는 소문

고향 떠난 지 오래인데
친정 나들잇길마다 나타나 내 이름을 불렀던
초로의 촌 노인으로 변한 짝꿍

열세 살 소녀로 돌아간 나에게
주름이 세월을 채워도 그윽하게 바라보는 눈빛
가슴 먹먹해지는 빈 자리 데워 준 친구

땡삐처럼 쏘아댔던 어릴 적 나의 쌀쌀함

홀어머니도 보내고 혼자 버거웠을 삶이

노래방으로 뒤바뀐 그 자리에서

나를 벗어나게 했다

등은 굽어가고

자궁문 열며 그때부터 보게 된 끝자락
탯줄 잘릴 때 지른 외마디는 그 공포에 대한 떨림

핏자국 닦고 체온 식지 않게 가슴에 올려 주던 손길
그 손길 거부하던 사춘기 무렵 조금씩 번지던 두려움

떠나는 4월과 이어지는 5월의 광기가 내뱉은
붉은 꽃도 그늘 있음을 알게 된 10월 말쯤 시든 나이

잠든 벚나무처럼 굳어 가는 몸에 검은 나비 들어차
혀끝 갈라진 틈으로 모음만 남아 쿨렁 날아간다

몸 밖으로 털어낸 첫 숙변 같은 마지막 낱말
던져야 할 순간 코앞에 다가와 있음을 안다

다독이던 어머니 손길 끊긴 지 오래라
머지않아 식을 심장은 내 손으로 데워야 한다는 것도

우기

7월 장마에 드러눕는 백합
커다란 입으로 밤새 폭우 받아내다
참을 수 없는 통증 도지나 보다

자정이 지난 사당역 뒷골목
문 걸어 잠근 지하 퇴폐주점에서
남자의 성기 물수건으로 닦던 여인

푸르름의 기억 지웠어도
오르가슴에 이른 음순처럼
수음으로, 수음으로 내질렀던 향기여

속옷 차림에 어설픈 화장으로
내려오지 않는 구원의 밧줄 기다리다
절정으로 달려가는 우기雨期

지금은 빗줄기 피할 수 없어도
호락호락 하늘 개는 날 있어
어설픈 웃음 도로 지울지 모른다

여름 끝자락

안경을 선사한 친구가 있지
세상을 밝게만 보지 말라 알려 주던
흐린 풍경을 가슴으로 담는 법을 가르쳐 주던

살다 보니 시도 때도 없이 밀려드는 안개
눈 안에서 날아다니는 것들까지
세월이 그런 거라 의사는 고칠 수 없다더군

쓸쓸히 물러설 때가 대부분이지만
아침마다 눈을 비비고 새로운 하루를 닦지
계절이 가져다주는 꽃들은 모두 담지 못한 채

이름과 실체가 겉돌고 기억도 줄어
하는 말만큼 어눌해지는 안경 속 불안
작은 것들은 흔적으로 만나니 잊기도 잘 해

이제는 여름 끝자락에서 가을로 드는 계절
안경을 선사한 친구는 겨울 끝까지 동행이고
시력 밖의 뿌연 실체와도 어쩔 수 없이 같이 걷지

귀울음 소리

하얗고 혹은 깜깜하게 다가오는
비명도 아닌 짙붉은 진액을 뽑아내는 고주파

새벽 네 시쯤이면 사내는 소리에 낚인다
공명통 비비는 풀벌레도 아닌 머리통에서 바람 빠지는 듯한

이중창으로 막힌 공간에서 자는 시간은 빼고
쉼도 없는 쐐한 소리가 가져다주는 전율

한 줌의 약으로도 다스려지지 않는
사람들에게서 멀어지게 한 세상과 뒹굴다 곪은 상처

살아오면서 겪은 온갖 상실을 털어 내려
다시 잠들 때까지 사내는 휘청이는 갈대가 된다

꽃잎 날리는 날

체할 듯 차려진 봄꽃 핀 날
모처럼 찾은 처가 점심상 앞에서
치매 구순 장인의 느릿한 뜻 모를 몸짓
장모와 아내 눈길을 상 밖으로 돌린다

주물럭거리는 장인의 손에 쥐어진
파자마 바짓단으로 떨어져 나온 검정물체
모른 척 휴지로 감싸들고
화장실로 옮긴 노인의 무게 종잇장이다

찌든 냄새로 버텨 온 겨울을 벗기고
온수 틀어 미라 같은 몸 닦아 내는데
신경 쓰이는 그곳
그곳을 비누칠할 때의 물컹함

지워지지 않는
내 아버지 씻길 때와 또 다른 느낌

언젠가 누군가에게 내 것을 맡길 때
부끄러움 버려야겠다는 생각 스치던 그 울컥함

왜 먼저 죽지 않느냐는 목쉰 장모의 단말마
무겁게 수저 나르는 표정 없는 장인의 의지
소리 참던 아내의 눈물
밥상머리에 하얀 꽃잎 떨어지고 있다

가을 남자

균형을 잡지 못해 처음 가본 병원
귓속 돌이 흔들렸다는데

중환자실에서 집중치료를 받은 것은
뇌동맥이 막혀 왼쪽으로만 몸이 쏠렸을 때다

지금도 '쐐'한데 약으로도 잡히지 않는
귀에서 바람 빠져나가는 소리

눈 안에 파리가 날아다니는 증상
안경 쓴 점잖은 의사 자신도 그렇단다

목 위쪽에 아직 쓸 만한 것은 냄새 맡는 코와
썩어 가는 치아들이 모여 버티는 입

처연한 가을 남자의 얼굴에는
덜그럭거리는 검정 테 돋보기 하나 걸리고

만추

이팝나무 가지 아래 세 들어 사는 거미
시월에 들자 가을을 타고
떠나갈 짐을 꾸린다

귀퉁이 허물어진 문틀은 그대로 둔 채
이따금 만삭으로 불어난 배를 안고
뜨개에 달아 걸은 눈물 빛 이슬

지아비까지 잡아먹은 년이라는 욕설
밤마다 정강이뼈 근처 성감대를 긁어가며
타는 단풍 물에 풀어 버린다

만월이 그믐으로 다가가기까지
한 올 한 올 게운 은실 더미는
태어날 아기들의 보금자리가 되겠지

밤마다 은하수 여울처럼 맴돌이하다
떨어진 이팝나무 잎새에 내려앉는
출렁이는 바람의 흐느낌 같은 거미의 울음

늦가을 햇살에 기대어

늦가을 볕에 빨래를 널었습니다
햇살 기운이 따뜻하게 스미겠지요
빨래가 마르면 새 옷처럼
햇살이 몸에 닿을 것이고요

지나온 봄과 여름은 개여 반닫이에 재웠습니다
훌훌 털어 넣고 나니 홀가분하지만
나는 전보다 조금 낡은 빨래와 닮아
헐렁해지고 또 조금 서글퍼집니다

바로 앞 무덥던 여름은 무척 아쉽고
이루지 못한 것이 많았네요
비우지 못해 생긴 욕심이겠지요
가을은 그런대로 호젓합니다

이제 남은 것은 겨울뿐이라
혼자라는 생각이 듭니다
아쉽지만 언젠간 모두와 작별해야지요
남은 햇살에 기대어서요

벚꽃잎 날리던 날

전철 무임 58 개띠 셋
초등 친구인지 오가는 말이 정겹다
1호선 완행만 멈추는 역전 중국집
그들 앞에 네 병째 쌓인 이과두주

엿듣자니 다양한 그들의 이력
한 명은 대장암 또 한 명은 심장병 다른 이는 뇌경색
술은 금물인데 낮부터 전투하듯
대장청소 심장박동 혈액순환 위해 가속을 밟는다

3년 뒤에 개고기 못 먹는다는 것과
마흔 넘도록 장가 못 간 아들
집 나가 연락 끊은 아내
사기당한 전셋집이 따끈한 안주다

옆자리에서 늦은 점심을 짜장으로 채운 나는
그들 이야기가 남 같지 않아 움직이지 못했다

누군가 애인과 동남아 골프 여행 새 차 뽑았다는 이야기 큰 아파
트로 이사한다는 자랑질이 취기에 섞이자
대장암이 이 말을 하며 불쾌해진 역전 용사 둘을 일으켜 세웠다
유산슬과 양장피가 반쯤 남았는데도

니. 미. 럴

안성식당에서

안성과 멍멍이가 무슨 관련인지
신안성 구안성식당 모두 천안 개고깃집
이른 저녁부터 안성식당에 모인 개띠들
개 이야기가 개기름처럼 번지르르하다

"개도 대학병원이 청준가 어디 있디야"
"여서 못 고치면 청주 가는감"
"개 치과도 거기 있데는디"
"개가 스켈링을 한데 나도 못 하는디"

"있잔아 갸, 갸는 개를 선산발치에 묻었다누먼"
"그럼 개가 조상 레벨인 겨"
"말두마 수의 입혀 화장 시키는디
딸내미 어찌 운지 장례식장 난리었디어"

한 명이 소주잔 들며 말 거든다
"근디 견공 조의는 얼매씩 했대?"
그러자 끝자리에서 날아든 짧은 말
"개나 혀 시거"

조금은 쓸쓸한 가을 이야기

막차에 울던 당신을 보내고
용산역 30촉 포장마차에서 소주를 들이붓고 있을 때
옆자리에 앉는 시린 가을 차림의 칠 벗겨진 하이힐

"이쁜 아저씨 소주 한 병만 사 줘요"
나만치 맛이 간 여자는 무슨 사연인지 몰라도
몸을 가누지도 못하면서 취하고 싶어 했다

술잔이 돌았고 술병이 바닥에 쌓이고서야
골목골목을 지나 찾아든 스산한 여인숙

씻지도 못하고 곯아떨어진 여자의 맨발에
허름한 여름 이불을 덮어주고
첫차가 움직이는 시간 맞춰 거리로 나왔다

차가운 새벽 거리
플라타너스 낙엽을 쓸어 모으는 부지런한 청소부

그의 빗자루에 쓸려 가을 끝으로 버려지고 싶은 충동

두고 온 거리의 여자는 자리 찾기를 바라며
당신 눈물의 의미까지 다독이면서
남행하는 기차에 몸을 싣던 그해 가을은 쓸쓸했다

기차는 8시에 떠나도

8시에 떠나는 기차를 타고 싶은지 모른다

남편이 세상 뜨기 전까지 평범했던 그녀 남겨진 정신질환을 앓는 30, 35세 두 아들 그들을 지켜내는 것도 'ㄱ'자 허리 거북목의 65세 영식 씨 몫

오늘 그녀보다 낡은 리어카는 폐지와 고물 한 짐으로
오천 원 한 장과 천 원 석 장 그리고 백 동전 몇 닢을 던진다

차가운 베란다 바닥에 누워야 퍼지는 하루 자존심도 여성도 날려버린 지 벌써 몇 년째 간신히 장만한 밥상머리에 수저를 들다 놓기만 반복하는 두 아들은 게으른 오후도 주어지지 않는 그녀가 살아가는 이유

아이들만 아니면 내려놓고 싶은 누군가에게는 추억이 되고 사랑 익는 늦가을 '11월은 내게 기억 속에 영원히 남으리'라는 노랫말처럼 진한 기억만 간직한 채 떠나고 싶은지도 모른다

---

4 그리스 노래 〈기차는 8시에 떠나네, To Treno Fevgi Stis Okto〉에서 인용.

77

우찌 이런 일이

감곡과 장호원에서 복숭아를 떼다 파는
입담 좋고 잘생긴 시내 친구 병호는
여자를 수월찮게 만난다는구먼

두정동 아파트 담벼락 채소 노점에
놓이지만 1, 2, 3, 4호 마누라가 있다는 겨
1호에게 먼저 몇 박스 팔라고 넘기고는
아산 신정호에 갔는데 웬 썬그라스가 맴돌더라는 거여

그날따라 손님이 밀려 복작일 때 검정 봉지도 벌려 주고 해 떨어
져도 가려 하지 않기에
과일 트럭 포장 쟁기고 무인텔로 무작정 직행했다지
처음에는 꽃뱀인 줄 알았는디 아니라는 겨

우들은 가정용으로도 물건을 못 쓰는디
친군 이 나이에 외부용으로 그게 된다는구먼
요즘 썬그라스는 갈고 탕 집 여사장과 밀당 중인디

그러니 친구들은 병호 보면 다들 부러워 죽어

가을엔 단감 받으러 창원 간다고
시간만 많은 날 보고 같이 가자고 혀
근디 가진 못하겠고 기갈나 죽겠구면

반바지 벗은 아내

며칠째 이어진 폭염
브라와 고무줄 반바지 벗은 아내
반 팔 티셔츠 빤쓰 차림으로 뭔가 바쁘다

김치 담고 남은 부추로 지진 부치미가 이른 저녁
가까운 면내 구멍가게가 십 리니
막걸리 한 통 준비 못한 게 후회막급

조금만 움직여도 흐르는 땀 식히며
오물오물 넘기는 입 서로 바라보는
늙어 버린 선풍기 앞에서 시간 매우기 뻣뻣한 말복

붉은 자귀나무와 흉 트고 지내는 배롱나무 열띤
세월 삭아 둘만 남은 시골집
마른 사타구니 사이로 매미 소리 쓰름 쓰름 파고들어

대문 걸쇠 구멍 안으로 밀고
안방 문짝 손잡이 배꼽 쿡 누르니
희희 호호 녹슨 웃음 가볍게 담장을 넘는다

4부 ————————————————

웃 는

가 장

사무장 박창례

미끄러지면서 발을 베인 박수 박창례
인근 성당 김 신부가 굿 구경 왔을 때
신령이 빠져나가는 것을 막지 못 했다
큰굿 날 시퍼런 작두에 올랐다가

굿 값 변상과 치료비로 적잖은 돈을 날린 것보다
뼈아픈 것은 그동안 인근에 쌓아 올린 명성
신당을 불사르고 무구를 내다 버린 그
김 신부에게 교리를 배워 세례를 받았다

무당이 있다는 소문 퍼져 신자들이 시끄러워도
임기 채운 김 신부는 영대領帶를 그에게 주고 떠났다
그가 더러운 영들에게 밤마다 시달리는 것과
친가족을 합쳐 열두 명을 한꺼번에 입교시켰기 때문

절뚝이며 새벽마다 성당 문을 여는 사무장 박창례
누구보다 열성으로 신앙생활을 하기에
새로 부임한 사제에게 일자리를 부탁해 둔 것
저 대나무 빗질 소리도 그의 신심에 찬 몸짓이다

내 마음 아시죠

"너도 에미 있다 찾아보아라" 할머니의 유언과 쥐어진 주소 주소
지를 찾은 명진은 엄마를 부르지 못했다 누나를 닮은 작은 갈비
탕집 아주머니는 분명한 엄마 한 살도 안 돼 사고로 아버지가 돌
아가시고 집을 나가야 했다는

"총각 많이 먹어"하며 밑반찬을 더 내주던 아주머니께
엄마라고 부르려던 순간 입을 틀어막은 명진 눈물 떨군 갈비탕
만 비웠다 가게에 들어서는 열 살쯤 보이는 남자아이가 엄마에
게 안기는 것을 보고

힘들어 할까 젊은 엄마를 할머니가 모질게 내몰았던 것 지금은
새롭게 가정 꾸민 것을 알았기에 가수가 된 명진은 〈내 마음 아
시죠〉를 불렀다 처음 선 중앙무대 KBS 아침마당에서 엄마를
그리면서 흐느끼듯이

5　장민호 작사, 작곡 〈내 이름 아시죠〉 변용.

반려

엄마 아빠 몰라 공장에서 태어나 샵에서 스무 살 남녀청춘의 생일 선물로 뽑혔지 여자아이 손에서 벌써 13년 사람 나이로 치면 80을 넘어섰어 사랑 그런 것 몰라 한 번 생리하고 난소 적출 당했거든

서울서 살다가 지금은 시골로 내려왔어 솔로인 방송국 에서 일하는 주인이 가끔 밤샘 작업에 혼자 원룸에서 지내야 하는데 분리 불안에 아주 힘들었지 집안에서 일보지 않는 깔끔한 내 성격도 한몫했어

주인이 혼자 지내는 아버지에게 맡겼는데 새벽 세 시 반에 밥 달라 짖으면 일어나 급해서 긁어 대면 비바람 불어도 문 열어줘 때 맞춰 간식에 물 갈아주고 잠자리 살피고 산책까지 시켜 줘

견생 이 나이에 무슨 재롱을 피겠어 한 달도 안 돼 잘린 뭉툭한 꼬리지만 흔들면 돼 손 엎드려 하이 파이브밖에 할 줄 아는 게 없어도 통해 노인이 밖에서 들어오면 가끔 깡총 거리기는 하지

반갑다고

꾸부려 앉아 하늘만 바라보는 이 노인 무릎 위가 좋아 체온을 나
눌 수 있어서지 올겨울을 둘이 그렇게 지냈어 가끔 그의 눈빛 보
면 우울해 보이기는 하더군 지금처럼 살며 나의 애교로 노인을
웃게 만들고 싶어 많이

수상한 집

수상하다 수상해
집 속에 집이 있는 제주 도련동 '수상한 집 광보네'
1층 카페 전시관 2층은 게스트 하우스
국가 폭력 피해자라는
가끔 수상한 사람들이 모이는 집
수익은 그들을 위해 쓰이는 집

전체가 불탄 마을 화북 곤을동
학살과 죽음을 목격한 여덟 살 강 광보
스물 나이에 살기 어려워 밀항했다
16년간 불법체류 숨어지낸 일본생활
강제 추방에 고향에서 반긴 곳은 중앙정보부
한라기업사로 위장한 제주 기무 508부대 대공전담반

전기와 물고문이 안겨 준 훈장을 매단
가본 적 없는 북한을 다녀온 사람이 된 광보 씨
7년간 옥살이 이어진 차가운 시선과 손가락질

30년 동안 나라와 벌인 긴 싸움
이겼다 그리고 벗겨 낸 간첩이라는 굴레
국가는 배상금이라는 것으로 책임을 다한 척 했다

아들이 나오면 그래도 누울 곳 있어야 한다며
노부모가 지은 시멘트 블록 무허가 집 위에
철골로 뼈대 세워 낫지 못할 상처 감싸 다시 안은 집
한 평 안채에서 손님을 맞는다
궁금해하는 이들에게 제주의 아픔 이야기해 주고
느려진 걸음으로 잊히지 않을 역사로 굳어 가면서

그를 위해

얼굴 한 번 본 적 없는 그를 위해
시골 작은 성당에서 춤 춘다
성가도 부르고 교우들과 어울려 그의 탄생을 축하한다

스물아홉 해 전 음 시월 돌아가신 어머니 앞에서도
여덟 해 전 구정에 돌아가신 아버지 앞에서도
부르고 흔들어 댄 적 없는 소리와 몸짓

앞 의자에 앉아 박수 치고 환호하는 이들
그는 그들이 내 형제고 자매란다
내 어머니가 그 안에 있단다[6]

그가 말했다
내가 너희를 사랑한 것처럼
너희도 서로 사랑하여라[7]

---

6 마태복음 12.17.
7 요한복음 15.12.

오늘 그런 그를 위해 노래하고 춤 춘다

날 낳으신 어머니를 위해서는 내본 적 없는 목소리로

내 아버지 웃게 하기 위해 흔들어 보지 못한 몸짓으로

꼬마와의 약속

　언제부턴가 거지꼴 자칭 예수가 나타났다는 소문 곧 으뜸시
는 불바다가 된다고 외치는 그는 붉은 십자가를 매단 집마다 돌
아다녔으나 따뜻하게 밥 한 그릇 내주는 아플 때 병원에 데려다
주는 천사를 찾지 못했다 쓰러지기 전 사창가 골목에서 막달라
마리아와 자신을 주님으로 따르는 거지 꼬마 베드로를 만났다
돌봐 주는 마리아에게 고백하였으나 받아지지 않았고 엄마를
만나는 것이 소원인 꼬마도 그를 외면하려 하였다 간절한 설득
으로 마음이 열린 여인의 사랑한다는 말과 꼬마의 엄마가 되어
준다는 약속을 듣고 삼 일 후 눈을 감은 그 으뜸시는 계속 타락
하였으나 불타지 않았고 그도 부활하지 못했다 엄마를 만나게
해 주겠다는 꼬마와의 약속만 지켜졌고

고급 룸펜

자해흔은 늘고 감정선은 말라
남인 듯 날카로워진 턱선으로
바다에 가서 외톨이가 되어 보고
빈산을 찾다 사람이 그리우면 시장통 걷는 남자

노약자석은 양보하는 미덕
출퇴근 시간 이용하지 않는 몸에 밴 배려
무임 전철 타고 돌려받는 보증금 5백 원이면
내일의 행선 정하지 않고도 뿌듯해하는 사내
볼트를 죌 수 있고 인력에서 신호도 볼 수 있지만
십 년 넘도록 자발적으로 숨듯 지낸
쪽방도 노숙도 아닌 고등실업자 룸펜 씨
가끔 문화원에서 시 창작 강의 귀동냥한다

IMF가 선물한 위로금과 20년 퇴직금
한 번에 털어 하이에나 아가리에 처넣고
대인기피증과 우울증 치료제를 손에 쥔 그

종편 뉴스로 익힌 정치 감각

도서관에서 쌓은 잡학 상식

시내 일곱 무료급식소 정보력까지

혼자만의 갑옷을 차리고 오늘도 출근 준비 중이다

온혈 동물

집으로 보낸 4개월 급여를 끝으로
사람과의 단절을 쌓으며
삭은 낮달을 희롱하려고
소주를 종이컵에 담아 마시는 사내

취하면 원망할 대상 자체를 잊기에
독기를 품고 험담을 하려는 혀
몇 순배 돌려 바르게 세워 놓고
때 낀 두 손을 내미는 서울역 앞 계단

습관적으로 몸 안에 쌓인 냉혈
알콜로 데우고서야 허리를 편다
뜨거워야 거꾸로 돌아도 버티는 세상
식은 피로는 구를 수도 없기에

스스로 데울 수 없는 밤이 오면
떠돌다 되돌아오는 지하도 돌바닥에
신문지와 박스 몇 장을 이불 삼아
냉기를 감추고 허기진 하루를 눕힌다

오늘도 낯짝 뜨겁다

빈대만도 못한 나
일터에서 돌아와 잠꼬대하는 아내
오늘은 아내의 피를 얼마 치 빨았나 몰라

백수 소릴 들으면서
일하지 않는 자 먹지 말라는 소리도 들으면서
감옥 높이로 쌓은 담장

속이 없는지 마음이 가난한 건지
사회에서 무엇은 하고 무언가는 포기해야 하지만
낮에는 숨고 밤에는 주변과 어울림을 포기했지

그림자처럼 따라붙는 저녁이면
수컷을 구걸도 했지 못나 보이게
피 채우려는 빈대처럼

빌붙어 사는 나 같은 이를 두고 하는 말이 있어
'빈대 붙어산다는'
낯짝 뜨거운

오늘, 내일 그리고 모레

서민들의 소화기
격투기나 태권도 용어 같은
돌려막기와 갈아타기

카드 원금상환 날 빈 지갑은
전투 중에 바닥난 탄약고
지연 이자를 돌리려 ATM 기계 앞에 선다

전세나 주택마련을 위해 대출을 받았다면
출렁거리는 금융상품에 따라 몸을 맡겨야
피와 땀을 줄일 수 있다

A++ 이상의 소도 잡는
먼저 쓰고 나중에 이자를 쳐서 메꾸는
좀 덜 자극적인 마이너스 통장

사채시장 바로 문 앞에서 삼 종 세트만 갖추면
내일 죽어도 당장 오늘은 행복
신용불량은 모레 이야기

웃는 가장

집주인이라고 뜨는 무거운 번호
전화기 진동 모른 척했어도
곧바로 만기 일자가 찍힌 뜨끔한 문자

집주인이 하느님 아닌 이상
나가야 한다 법이 그러니
계약 2년 지나 갱신으로 버틴 또 다른 2년

역전세와 전세 사기로
고통 당하지 않은 것만으로도 다행이다
정든 동네를 떠나는 것은 아쉽지만

대출 한도 5천 없어 하소연할까
아이들 학교를 방패 세워 애원해 볼까
별별 생각 끌어모아도 덧댈 수 없는 계약 연장

제집 업고 떳떳이 걷는 소라게만도 못한 가장
옮길 때마다 느는 이삿짐 묶는 매듭 기술에 웃는다
내 집 마련 청약의 꿈은 아직 살아 있다며

운수 좋은 날

　밤은 깊어가고 가로등마다 내리는 눈발을 갓처럼 쓰고 있다 시장기를 달래려고 뒷골목 낡은 중국집 유리문을 민다 영업을 마치려는 주인에게 부탁해서 앞에 놓인 단무지에 마시는 이과두주 한 잔 빈속을 긁고 내려가는 예리한 통증이 눈가루를 녹인 물에 베인 것 같다 창밖 지나는 이들을 바라보며 불어가는 자장면과 싸구려 고량주 한 병에 혈관 속으로 온기가 도는 것을 느낀다 오늘은 운이 좋았다 성당 모퉁이에서 고개를 떨구고 꾸부정하게 앉았을 때 지나가는 노인분이 쥐여준 오만 원 한 장 이런 행운은 올해 처음이다 언젠가는 집으로 돌아가야 하지만 아직은 용기가 나지 않는다 아내와 아이들이 기다려 줄지 아닐지도 모른다 차가운 도시의 겨울바람 눈 내리는 오늘 같은 날은 일찍 자리를 잡고 박스를 덮는 것이 낫다 부도난 회사에서 마지막 밀린 급여를 정산받았을 때도 성탄 이브 저물녘 케이크 상자를 들고 들어가 트리에 색등을 켰을 때도 아내가 수고했다며 따뜻하게 손을 잡아주던 때도 아이들이 함박웃음을 지으며 손뼉을 쳤을 때도 어머님의 마지막 거친 숨으로 사랑한다는 소리를 들었을 때도 아버지의 유골함을 화장터에서 받아 무릎에 올려놓았을 때도 겨울이었다 오늘은 운이 좋은 날이지만 가슴은 냉골이다.

이재복 베이커리

면사무소 사거리에서 우체국을 향하는 일방통행 이발소 지나
정육식당 다음에 가게를 차린 지 20년 넘은 이재복 씨 한때 알
바를 두고 종교단체 학교 보육원 군부대에 납품도 하며 재미 보
고 조기축구회 자치소방대 활동을 하며 인맥도 쌓고 잘 나갔다
새벽부터 늦은 밤까지 문을 열지만 하루가 지난 것은 20% 현금
을 내면 5% 할인과 단골 카드에 적립까지 해 줘도 수입은 점점
줄었다 다른 일은 해 보지 않은 두려움 고향에서 가게를 열었다
는 자부심 자신을 바라보고 있는 아내 쯔이에 대한 고마움 숙성
시간과 레시피와의 싸움이 아니라 에펠탑이 비닐봉지에 새겨진
빵집과 자신을 시험하던 인내가 코로나 직격탄에 무릎을 꿇었
다 일주일만 문을 닫고 아이들 데리고 처가에 다녀와야겠다고
결심한 지 10년이 넘었어도 새벽 4시에는 밀가루 색 제빵사 복
장으로 출근해서 쉴 새 없이 일한 그의 자존심이 셔터와 함께 와
르르 무너져 내려 불 꺼진 간판 아래 쪼그려 앉아 담뱃불을 붙이
는 이재복 씨 동면에 들어가는 그의 손에는 그동안 감사했다는
프린트가 무겁게 인쇄되어 있다

숙련공

자신만의 자재를 모아두고 밤마다 지하세계로 스며들어 집을 짓는 사내 골판지박스와 약간의 비닐 검정 우산 하나와 노끈 퍼즐 맞추듯 10분 안에 완성되는 집 지하도 벽을 버팀으로 LG 세탁기는 바닥 골조는 문짝 두 개짜리 삼성 냉장고 외풍은 군데군데 구멍 뚫어진 SK 비닐이 막고 머리 쪽은 골프 우산 신발 벗지 않는 두 발은 맥심커피 술기운에 낮에는 거북이보다 느리게 움직거려도 통행 차단 스크린이 쳐지기 전 대기업의 바랜 로고를 받쳐 든 사내의 움직임은 민첩하다 종각역을 벗어나지 않는 사연 알 수 없으나 손가락에서 담배가 끊인 적 없으니 매일 천사가 도움을 주고 있는지는 모르는 일 출근길 열리기 전 퍼즐을 해체하고 3가 쪽으로 나와 구부린 채 영하 15℃ 이기려고 햇살에 몸을 데운다 낮 동안 비밀장소에 자재를 감췄다가 나팔꽃 피우듯 집 한 채를 뚝딱 짓는 그 사내는

地下寺 와불

명동으로 이어지는 서울역 7번 동굴
가난과도 거리 둔 순례자들
남대문 파출소 김 경사도
손대지 못하는 존엄으로 바닥에 붙어 있다

열 걸음에 하나 꼴
최소한 복지가 베푼 질서 속에
무소유는 아니지만 나름 소유한
박스와 침낭 비닐 가방과 같이 누워 있다

하루 한 끼 자비와 사랑의 충전으로
일하지 않고도 살아남는 노하우
후식으로 새우깡에 참이슬 담배 한 모금
그리고 햇살 나누는 여유로움이여

복사꽃이 피는지 눈발 오가는지 모르는
사계가 녹색 타일 벽뿐인 이곳
경지 끝에 거의 다다른 생불들
LED 전등 아래 저마다 참선에 들었다

21세기 동굴인

일터의 끝에 자의와 타의가 있다
준비 덜된 타의일 경우 나이 먹은 경우
거둘 가족이 많을 경우 인간 등급이 추락한다

한 단계 아래로 구한 새 직장
그곳에서도 밀리고 잘리면
정규직에서 비정규직으로 마지막은 일용으로

신용 밀려 대출 가능 일자는 줄고
무이자나 저리 이자와는 멀어져
꺾기와 연체를 끝으로 받는 신불자 딱지

대리운전이나 배달에서도 밀려
경비나 노인 일자리에서조차 밀려
살려는 의지 버리고 벼랑 끝에 선 이들

산으로 떠나지 못한 나머지는 도시에 숨어
서울역 십 리 이내 굴속에서 세월 낚는다
봄 여름 가을 겨울 겨울 겨울 그리고 긴 겨울

건드리지 마라 별이

"나 '사랑'을 사랑하는 별이야"라는 그녀
집을 나와 남자처럼 머리를 잘랐다
논산 훈련병처럼

이름만 불러도 억장 무너지는 아들 있지만
"취하면 휘두르는 남편에게 더 맞으면 죽을 것 같아 나왔어"
결혼 10년 차인데 아들은 그룹 홈에 보내고 무작정 올라왔단다

주먹과 발길질에 열넷 이가 뽑힌 별이
지난해 여름 머리카락을 자른 것
"남자처럼 보여야 해, 안 그럼 '한번 하자' 건드니까"

"집 같은 집에서 자고 싶어"
서울역을 뒷배경으로 송곳니만 남은 윗잇몸 드러내는 별이
그녀가 내민 2G 폰에는 별 사진이 은하수 배경으로 빼곡하다

맥도날드 할머니

사람들은 맥도날드 할머니라 불러

정동 이곳과 스타벅스 매장에서 주로 지냈거든

나는 본 적이 없는데 TV 몇 군데 나왔다는구먼

피딘 간 뭔가 카메라를 들이대서 이야기 나눈 적 있어 코트 차림

에 영자신문 들고 다니는 게 이상했나 봐

나, 이래도 외대 불어과 출신이야

40년생인데 나이는 지금 몇인지 몰라

외무부에서 18년간 유엔 담당 일을 한 공무원이야

"메이퀸 알어" 눈 높아 백마 탄 이를 만나길 원했었지

사기당해 퇴직금도 날리고 빈손이라 돌아갈 집도 없어

여동생만 가끔 찾는데 언젠가부터 만나러 오지 않아

사치도 하고 내가 한 성질 하거든

나 오래전 죽었어 서울역 앞에서 쓰러져 국립의료원으로 보내

졌지 말기 암이라더군 송파에 있는 요양병원에서 눈 감았더니
화장시켰어 무연고 변사자라 어딘가에 뿌려졌고

돌이켜 보니 가질 수 없는 것과 가진 거 없는 거는
어쩔 수 없어
지금 가진 거에 감사하며 살 수밖에
내 패턴대로 살다가 갈 수밖에 없었어

얼레리

충청 넘어오는 새들
밥 먹는 소릴 낸디야

뻐꾸기란 놈은 굻은 소리로
"뻣구욱 뻣구욱"

그 옆 땡이 멧비둘긴 아예 국 말아 달라고
"국. 국. 국. 국."

나는 빼는거? 하고 잘 삐지는 휘파람새 있잖어
"호르르 쩝쩝 호르르 쩝쩝" 입맛부터 다서

갸, 검은둥이 갸는 얼마나 빠른지 이부터 쑤셔 가며
"훌쩍먹꾸 훌쩍먹꾸" 그려

야들 모아 놓으면 말두 마
지들끼리 새벽부터 잔치 벌려

"국,국,국,국 뺏구욱 "

"훌쩍먹꾸 호르르 쩝쩝, 훌쩍먹꾸 호르르 쩝쩝"

너무 넓은 식탁

ⓒ 정득용, 2024

초판 1쇄 발행 2024년 9월 29일

지은이   정득용
펴낸이   이기봉
편집   좋은땅 편집팀
펴낸곳   도서출판 좋은땅
주소   서울특별시 마포구 양화로12길 26 지월드빌딩 (서교동 395-7)
전화   02)374-8616~7
팩스   02)374-8614
이메일   gworldbook@naver.com
홈페이지   www.g-world.co.kr

ISBN   979-11-388-3586-2 (03810)

· 가격은 뒤표지에 있습니다.
· 이 책은 저작권법에 의하여 보호를 받는 저작물이므로 무단 전재와 복제를 금합니다.
· 파본은 구입하신 서점에서 교환해 드립니다.